Louise Leblanc

Sophie
devient sage

Illustrations
de Marie-Louise Gay

la courte échelle

Les éditions de la courte échelle inc.

Les éditions de la courte échelle inc.
5243, boul. Saint-Laurent
Montréal (Québec) H2T 1S4

Conception graphique:
Derome design inc.

Révision des textes:
Pierre Phaneuf

Dépôt légal, 3e trimestre 1997
Bibliothèque nationale du Québec

La courte échelle est inscrite au programme de subvention globale du Conseil des Arts du Canada et bénéficie de l'appui de la SODEC.

Données de catalogage avant publication (Canada)

Leblanc, Louise

   Sophie devient sage

   (Premier Roman; PR61)

   ISBN: 2-89021-298-X

   I. Gay, Marie-Louise.   II. Titre.   III. Collection.

PS8573.E25S63 1997   jC843'.54   C97-940229-8
PS9573.E25S63 1997
PZ23.L42So 1997

Louise Leblanc

Née à Montréal, Louise Leblanc a fait des études en pédagogie à l'Université de Montréal. En véritable curieuse, elle a touché à beaucoup de choses, notamment le théâtre, le mime, la danse. Elle a aussi été mannequin et a donné des cours de français. Et elle a fait de la recherche et travaillé en publicité.

Depuis 1985, Louise Leblanc se consacre à l'écriture. Elle est l'auteure de nouvelles, de romans pour adultes, dont *37½ AA* pour lequel elle a remporté le prix Robert-Cliche en 1983, et elle écrit pour la télévision. Du côté des romans jeunesse, son héroïne Sophie est maintenant une vedette internationale puisque la série est traduite en anglais, en espagnol et en danois. En 1993, Louise Leblanc recevait le Prix des Clubs de la Livromagie pour *Sophie lance et compte*. *Sophie devient sage* est le onzième roman qu'elle publie à la courte échelle.

Marie-Louise Gay

Née à Québec, Marie-Louise Gay a d'abord étudié à l'Institut des arts graphiques, puis à l'École des beaux-arts de Montréal et, enfin, à l'*Academy of Art College* de San Francisco. Depuis plus de vingt ans, elle dessine pour des revues destinées aux enfants, et elle écrit et illustre ses propres albums. Auteure de la pièce de théâtre pour les jeunes *Qui a peur de Loulou?*, elle en a créé les costumes, les décors et les marionnettes. Son talent dépasse les frontières du Québec puisqu'on retrouve ses livres au Canada anglais, aux États-Unis, en Grande-Bretagne, en Allemagne, au Danemark, en Norvège, en Suède, en Espagne et en Australie! Elle a remporté plusieurs prix prestigieux dont, en 1984, les deux prix du Conseil des Arts en illustration jeunesse, catégories française et anglaise et, en 1987, le Prix du Gouverneur général. *Sophie devient sage* est le huitième roman qu'elle illustre à la courte échelle.

De la même auteure, à la courte échelle

Collection Premier Roman

Série Sophie:
Ça suffit, Sophie!
Sophie lance et compte
Ça va mal pour Sophie
Sophie part en voyage
Sophie est en danger
Sophie fait des folies
Sophie vit un cauchemar

Série Léonard:
Le tombeau mystérieux
Deux amis dans la nuit
Le tombeau en péril

Louise Leblanc

Sophie devient sage

Illustrations
de Marie-Louise Gay

la courte échelle

1
Sophie
dans l'arène familiale

«Possibilité d'un orage violent», annonce-t-on à la radio. Je prévois la même chose à la maison pour le petit-déjeuner.

Mes parents se sont disputés. Et ma mère s'est coupée en tranchant le pain. C'est la goutte de sang qui fait déborder...

— La coupe est pleine! Je suis à bout, lance-t-elle en sortant, le doigt rouge de colère.

Mon père file doux, fiou! Il prend les tranches que ma mère a coupées et les glisse dans le grille-pain. Puis, il s'esquive en grognant:

— Tu pourrais aider ta mère, il me semble!

Je n'en reviens pas! Mes parents se disputent, et c'est moi qui écope. On dirait que... il n'y a plus d'amour, dans cette famille.

Mon frère Julien se fout complètement de la situation. Il est enragé. Le petit génie répète sa leçon de lecture et trébuche sur les mots. Il dit que c'est idiot, surtout pour un garçon:

— Ma PPPouPée est un... PPrésent de PaPa.

Bébé-Ange s'est arrêtée de manger, le regard effrayé. Je dois réagir avant qu'elle hurle. Ma mère en mourrait.

À la radio, on joue une chanson rythmée. Je monte le son. Je danse et je fais le clown devant Bébé-Ange.

— Dabdaboudou! Taptaptap! Bébé!

Bébé-Ange rigole et tape... PLOF! dans son bol de céréales. Le bol s'envole. Je le suis des yeux...

— Ma Poupée est un Pr...

Julien vient de recevoir le plat sur la tête. Et moi, je reçois

un choc terrible: la cuisine a disparu dans la brume. Je me précipite vers le grille-pain. Je lève la manette: rien. Les rôties ont complètement brûlé!

Mes parents reviennent à ce moment-là. Ils sont suivis de mon frère Laurent, dont le sac d'école menace d'éclater.

Laurent refuse de dire ce qu'il contient, c'est idiot! Mon père l'oblige à ouvrir son sac. Ce n'était pourtant pas le moment de faire un drame pour... mon blouson!

— Tu emportais mon blouson «Castor» sans me le demander!

— Tu aurais refusé! Il me le faut pour entrer dans le groupe musical de l'école. On s'appellera «Les Dents longues».

Comme toujours, Julien n'a rien compris:

— Je te passe mon blouson avec une tête de cheval. Le cheval a des dents aussi longues que celles d'un castor. Et pour faire du théâtre, je n'en ai pas besoin.

Quoi! Il veut faire du théâtre! Je vais l'avoir sur le dos toute l'année.

— Tu es trop petit, Julien. Tu seras un poids pour... tout le monde.

— C'est toi qui ne veux pas de moi, tu es méchante! Puis, je ne peux pas être un poids si je suis petit.

«AAAH PAAARTIR!» hurle un chanteur à la radio.

— C'est ce que je vais faire, dit ma mère, des sanglots dans la voix.

Elle prend Bébé-Ange et s'en va.

«AAAH PAAAR...»

Mon père vient de fermer l'appareil. Le silence tombe sur la cuisine. Terrible!

Mon père semble dépassé par

les événements. Il bredouille:

— Il faut... euh... partir aussi, les enfants.

Dehors, les choses ne s'arrangent pas. Il pleut à verse. Au loin, on voit disparaître le derrière sautillant de l'autobus scolaire. Mon père nous entasse dans la voiture à toute vitesse et rattrape le bus.

En partant, il me sort sa rengaine:

— Tu es l'aînée, sois raisonnable! Julien a le droit de faire du théâtre. Un peu d'harmonie avec tes frères!

Je suis révoltée! En dedans de moi, je crie: «Et Laurent, le voleur de blouson, tu ne lui dis rien! Tout le monde a des droits, sauf moi! Et...»

— SOPHIE! Tu m'as compris?

— Oui, papa!

En dedans, je continue à crier: «Non! Je ne comprends pas! L'harmonie, il n'y en a même plus entre maman et toi. La famille est devenue invivable!»

Heureusement, j'ai des amis qui me comprennent.

2
Sophie
dans l'arène scolaire

Le mauvais temps se poursuit à l'école. Ce n'est pas compliqué, tous mes amis sont d'une humeur massacrante. Qu'est-ce qu'ils ont!?

Lapierre, le dur de la bande, m'a presque défigurée. Pour une niaiserie!

Il avait échappé le ballon, et nous avons perdu contre l'équipe adverse. Je l'ai accusé d'être manchot. Monsieur l'a mal pris.

— Tu vas voir si je suis manchot!

Il m'a lancé le ballon en pleine figure. Ce qui a fait rigoler

Tanguay, le fils du dépanneur. Je l'ai traité de face de singe.

— C'est mieux qu'une face de bois, m'a-t-il répliqué.

— Et qu'un coeur de pierre, a ajouté mon frère Laurent.

Je n'ai pas demandé d'explications, mais ils m'en ont donné. Tanguay m'a dit que j'étais insupportable. Laurent a renchéri:

— C'est une égoïste. À cause d'elle, je ne pourrai pas faire de musique.

Et là, il déballe en public l'affaire du blouson «Castor».

À l'entendre, le groupe musical ne peut se passer de lui. Et «Les Dents longues» vont tomber par ma faute.

Tout le monde est scandalisé de mon attitude. Même Clémentine, le chef de la bande, qui se dit ma meilleure amie.

— Sois sympa avec ton frère. Il ne le mangera pas, ton blouson.

C'est elle que je vais mordre!

De quoi elle se mêle! Elle n'a pas de frère. Elle n'a aucune idée des problèmes que ça entraîne. Et nos histoires de famille ne regardent pas les autres.

J'ai honte! Je suis enragée contre Laurent. Et contre mes amis. Ils ne comprennent rien.

DRRRINNNG!

Je suis contente que la récréation finisse! Puis c'est le cours de théâtre. Je pourrai me libérer de toutes mes émotions. C'est un truc utilisé par les bons comédiens.

Je sens que je suis prête à jouer... un grand rôle.

***

— La pièce raconte l'histoire de Masto, un éléphant au grand coeur, explique le professeur de théâtre.

Un éléphant! Ce n'est pas le genre de rôle que j'espérais. Mais c'est le rôle principal!

— Un vieil éléphant qui connaît les difficultés de la vie, poursuit Mme Pinson...

Ce sera facile de me mettre dans la peau du personnage. Après tout ce que j'ai vécu aujourd'hui.

— ... Un sage qui écoute et conseille les jeunes animaux de la jungle.

Comme moi en tant qu'aînée!

— Chacun de vous incarnera un animal qui vient consulter le vieil éléphant. Il vous faudra inventer une histoire...

— Une sorte de fable?

— Tu as tout compris, Julien.

Mon frère Julien! J'avais oublié qu'il venait au cours. Il est assis à l'arrière de la classe.

Pendant que les autres forment de petits groupes, il vient vers moi. Grrr... Il me demandera de travailler avec lui. Je refuserai. Et il dira que je suis méchante. Ah non! Il passe tout droit.

Il discute avec Mme Pinson. Elle lui remet un livre: les... *Fables de La Fontaine*. Je comprends! Julien va s'en inspirer. Il est vraiment un petit génie.

Quand même, il aurait pu me demander conseil! On peut dire qu'il est rancunier! Comme les autres, d'ailleurs! Eh bien... Je n'ai besoin de personne pour jouer l'éléphant.

À la fin du cours, chacun présente l'animal de son choix. Évidemment, Lapierre sera le lion. Et Clémentine, la souris. Il la bouffera, c'est certain.

Personne n'a pensé au rôle principal!

— Moi, je serai l'éléphant, lance quelqu'un.

Qui ça!? TANGUAY! Il est incapable de dire deux mots. Il a toujours la bouche pleine de friandises. Le seul animal qu'il peut jouer, c'est un écureuil. Je n'ai rien à craindre de lui:

— Moi aussi, je veux le rôle prin... euh, de l'éléphant.

— On verra au prochain cours, dit Mme Pinson. Peut-être le rôle ira-t-il au plus méritant!

Le plus méritant? Qu'est-ce que cela signifie? Ce n'est pas clair...

3
Sophie,
seule dans la jungle

Dans l'autobus, on engage la discussion.

— C'est très clair! affirme Clémentine. Le plus méritant est celui qui a la meilleure conduite.

Elle me fatigue, la p'tite parfaite!

— Ce n'est pas une leçon de conduite, c'est un cours de théâtre. L'important est d'être une bonne comédienne.

— Un bon comédien, riposte Tanguay. Masto est un éléphant, pas une éléphante.

— Pourquoi? Il n'y a pas de

raison! Tu n'es qu'un sexisss...

— Sexis-TE, me reprend Clémentine.

— Toi, la souris, tu ferais mieux de rester dans ton trou!

— Silence! rugit le lion Lapierre. Je suis le roi des animaux. C'est à moi de régler la question.

Tanguay et moi, on se fout complètement du lion et on reprend notre dispute. J'essaie de le raisonner:

— J'ai beaucoup plus de ressemblances avec Masto que toi!

— Tu veux rire! Masto a un grand coeur. Et moi, je suis généreux. Je distribue des friandises à tout le monde.

— Tu les prends dans le magasin de ton père et tu les vends!

— Pas cher! Et si j'avais un

blouson «Castor», je le prêterais à ton frère.

La discussion se transforme en bagarre. Cette fois, c'est Chaufferette, la femme chauffeur, qui rugit:

— À vos places! Ou je vous montre qui est la reine des animaux!

Le silence dure quelques secondes. Il est brisé par la voix de Laurent:

— Je crois que Sophie a tout ce qu'il faut pour jouer le rôle de l'éléphant.

Je n'en reviens pas!

— Elle est grosse.

Je n'en reviens pas, je... je suis...

— Elle n'est pas grosse, objecte Julien. Elle est grassouillette.

Je... Snif... Mes frères sont des monstres. Snif...

À travers mes larmes, j'aperçois notre maison. On sort de l'autobus dans un silence écrasant. Dès qu'on est descendus, les rires fusent. Ils tombent sur mes épaules et m'écrasent encore plus.

Je me sens lourde comme un vieil éléphant. Je me dis que le monde est... une jungle. Un ring de boxe.

Et je me pose une question terrible: y a-t-il quelqu'un qui m'aime sur cette terre?

MAMIE! Elle, elle m'aime. Je vais aller vivre chez elle. Je serai plus heureuse, c'est certain.

On est accueillis à la maison par les rires de Bébé-Ange. Elle ne hurle pas, c'est déjà ça! Et

ma mère sera peut-être de meilleure humeur.

C'est Mamie qui est là! Elle
est venue! Elle a deviné ma
peine. Je me précipite vers elle:

— Il faut que je te parle, Mamie. C'est... extrêmement important.

Elle ne répond pas «Oui, mon
petit chou» comme d'habitude.
Elle a l'air étrange. Elle dépose
Bébé-Ange au milieu de ses
jouets.

— Plus tard, Sophie. Je dois
d'abord vous parler à tous. C'est
au sujet de votre mère. Elle
avait besoin de... réfléchir, de se
reposer.

Comme toujours, Julien ne
comprend rien:

— Je vais lui dire qu'elle
peut dormir tant qu'elle veut.

On ne la réveillera pas.

— Si tu montes lui parler, tu la réveilleras, se moque Laurent.

Il n'a rien compris non plus. Si ma mère a besoin de calme, elle est sortie de la maison. Je ferais la même chose, fiou!

— Elle est partie chez une vieille amie, nous annonce Mamie.

Ma mère a une vieille amie! C'est nouveau!

— Pour quelques jours, ajoute Mamie.

Ma mère nous a plantés là pour plusieurs jours! C'est... scandaleux. Puis je ne pourrai pas déménager chez Mamie! Je vais quand même la prévenir de...

— Soyez sages, faites vos devoirs pendant que je donne à manger à Bébé-Ange.

Grrr! Je n'ai pas pu parler à Mamie de la soirée. Bébé-Ange

couchée, elle s'est occupée de Laurent et de Julien. Quand mon père est arrivé, c'était l'heure d'aller au lit.

Je ne dors pas. Je gigote dans mon lit comme un poisson hors de l'eau. J'éprouve une angoisse semblable à la sienne. Je sens que c'est la fin, sans savoir de quoi. J'ai peur.

Je n'en peux plus! Mamiiie!

Je me lève... Aïe! Mon père monte l'escalier. Il PLEURE! Je ne pensais pas que c'était possible.

Il y a une raison grave, c'est certain.

Ma mère! Elle ne reviendra pas! Elle nous l'a dit, mais personne ne l'a écoutée. J'entends sa voix pleine de sanglots: «La coupe est pleine. Partir. C'est ce que je vais faire.»

Je m'effondre sur mon lit. Je
suis un poisson qui vient de
comprendre: c'est la fin de la famille.

Mes oreilles bourdonnent de

reproches: «Tu pourrais aider ta mère! Tu es insupportable. Méchante! Égoïste!»

Tout est ma faute. Même Mamie le pense. C'est pour ça qu'elle ne me parle pas.

Je suis... une enfant seule dans la jungle du monde. C'est terrible, trop terrible.

Il faut que ma mère revienne.

4
Sophie,
petite fille modèle

La seule façon de faire revenir ma mère est de ramener l'harmonie à la maison.

À peine levée, je mets mon plan à exécution:

— Tiens, Laurent!

— Tu me prêtes ton blouson «Castor»!?

— Je te le donne!

— Hein! Je ne te crois pas.

— Puisque je te le dis!

— C'est louche. Ah! je sais! Tu veux autre chose en retour!

— Non, non! Je ne veux rien!

Laurent reste stupéfait, les sourcils en points d'interrogation.

Je ne lui dis pas que notre mère est partie pour toujours. Il est trop jeune pour supporter le choc.

Si je lui annonce que j'ai décidé d'être gentille et patiente, il ne comprendra pas. Il me rira au nez. Je vais lui répondre... que...

— Mon blouson est un peu petit pour moi.

Laurent devient rouge de honte:

— Tu sais, je ne pensais pas ce que j'ai dit. Tu n'es... euh... pas grosse.

Ça me fait plaisir, fiou! Mais je me demande s'il est sincère ou intéressé. Quand même, c'est efficace d'être généreux. Les gens nous aiment davantage.

Je vais vérifier ma théorie avec Julien. Il est plongé dans

les *Fables de La Fontaine*.

— Tu as besoin d'aide, Julien?

— NON!

— Allez! Ça me fait plaisir!

— J'ai dit non, mille millions de tonnerres de braise!

Julien est vraiment rancunier! Il faut que je sois plus patiente avec lui.

— Je suis ton aînée. Je peux te donner des conseils pour choisir un animal.

— J'ai eu les conseils de Mamie. Elle est plus aînée que toi.

J'ai envie de hurler: «Tu as fricoté avec Mamie contre moi!» Mais je pense à ma mère et à l'harmonie dans la famille. Puis je veux en savoir plus:

— Ah oui! Quel animal as-tu choisi?

— Top secret, ma chère! Je ne le dirai qu'à l'éléphant! Et tu n'as pas encore mérité le rôle.

Grrr... Les petits génies ne sont pas des êtres faciles à vivre. Quand même, Julien m'a donné une idée. Pour mériter le rôle, il suffit d'appliquer mon plan à l'école: je serai une élève modèle.

***

POP! Ssscrouitch, ssscrouitch...

Tanguay me fatigue avec sa gomme à mâcher! Et avant ses «ssscrouitch», il y a eu ses «frisch! frisch!» de papiers de bonbons. Difficile d'écouter Mme Cantaloup!

Tanguay me fait perdre mon temps et il perd le sien. Il ne

comprend pas l'importance d'être attentif en classe pour réussir ses études.

Depuis deux jours, j'écoute le professeur. La différence est re- marquable.

Je me suis rendu compte que Mme Cantaloup est une EX- cellente enseignante. Et qu'on peut apprendre des tas de cho- ses durant les cours. Incroyable!

Pendant ce temps, j'oublie mon angoisse, l'absence de ma mère, qui me hante.

Grrr... Au tour de Lapierre de me déranger! Il fouille dans son pupitre. Il en sort un tire-pois et vise Mme Cantaloup. Il ne va pas...

PHUIIITT!

Trop tard. Le pois est parti.

Lapierre rate le professeur.

Mais pas le vase à fleurs qui est sur son bureau.

BIIING! fait le vase.

— AAAH! fait Mme Cantaloup.

Tous les élèves s'esclaffent. Même Clémentine! C'est honteux.

À la récréation, je dis aux membres de la bande ce que je pense d'eux. De leur comportement de délinquants.

— Tout ça pour un petit pois, rigole Lapierre.

— Tu aurais pu blesser Mme Cantaloup.

— Elle avait le dos tourné. Ce n'est pas un petit pois dans les fesses qui aurait pu la blesser. Pas avec les fesses qu'elle a!

Clémentine se tord de rire. Elle me déçoit, fiou! Je n'hésite

pas à le lui dire.

Elle me répond du tac au tac:

— Il faut ta permission pour rire, maintenant. Qu'est-ce qu'il te prend?

— Ouais, POP! Avant, tu aurais fourni des munitions à Lapierre. Tu ne pouvais pas gober la Cantaloup.

— C'est toi que je ne peux plus gober, Tanguay. Arrête de te goinfrer pendant les cours. Ça me distrait.

— Tu aimerais en faire autant, la grosse!

— Ma soeur n'est pas grosse! vocifère Laurent, qui arrive.

Il porte mon blouson «Castor». Et il a des baguettes de tambour à la main.

Tanguay est estomaqué:

— Tu as dit toi-même que...

— Répète le mot «grosse», et je joue de la batterie sur tes dents. Tu ne mangeras plus jamais de friandises. Parole de castor.

— GROSSE! rugit Lapierre.

Laurent s'avance vers lui.

— Woh les baguettes! Ou je fais de la gibelotte avec toi, le castor. Parole de lion!

Je dis d'un air méprisant:

— Laisse tomber, Laurent. Leurs insultes ne me feront pas changer d'attitude. Un jour, ils comprendront...

— Je comprends déjà, m'interrompt Clémentine.

Je n'aime pas du tout le ton de sa voix...

5
Sophie
et les crottes de souris

Il y en a qui ont vraiment l'esprit tordu. Vous savez ce que Clémentine a prétendu? Que je jouais à l'agneau pour avoir le rôle de l'éléphant.

Bon, d'accord, j'y ai pensé. Mais c'était il y a deux jours. Maintenant, j'ai un comportement exemplaire par conviction. C'est... naturel.

De sa voix de souris, Clémentine a ajouté:

— Et elle a donné son blouson à Laurent pour nous montrer qu'elle est généreuse.

Jamais je n'aurais cru une

souris si féroce. Le plus terrible est que je ne pouvais pas me défendre.

Pas question de dévoiler aux autres ce qui se passe à la maison. Ils croient tous que nous formons une famille unie. Ils nous envient. Ils seraient trop contents!

Puis, je ne voulais pas en parler devant Laurent, et provoquer un drame.

J'ai raté mon coup, fiou! Clémentine avait semé ses petites crottes de discorde dans la tête de mon frère. Un terrain fertile!

Le temps du trajet en autobus, les petites crottes sont devenues d'énormes boulettes.

En mettant le pied à la maison, Laurent me prévient:

— Ne compte pas récupérer

ton blouson lorsque tu auras le rôle de l'éléphant.

— Je n'ai pas l'intention de...

— Ni si tu n'as pas le rôle. JAMAIS! Tu devras me marcher sur le corps.

C'est ce que j'ai envie de faire. Laurent a vraiment un sale caractère. L'harmonie avec lui, ce n'est pas évident. Ni avec personne, d'ailleurs.

Quand même, je crois que j'ai développé une certaine maîtrise de moi. Et que l'important est de dialoguer:

— JE PEUX PARLER, OUI!

— Mmouais, répond Laurent avec méfiance.

— Tu préfères croire Clémentine, une... étrangère, plutôt que ta propre soeur?

— Justement, je te connais.

Je suis découragée. Comment le convaincre de ma sincérité?... Je sais!

— Tu gardes mon blouson et, en plus, je te donne mon t-shirt «Castor».

— Et la casquette assortie aussi?

Mon frère a vraiment les «dents longues». Heureusement, je n'ai rien d'autre d'assorti. Il viderait mes tiroirs. J'accepte pour en finir!

— Tu as raison! Je dois croire ma soeur plutôt qu'une étrangère, concède Laurent en emportant son butin.

Je me rends compte que, lorsqu'on est trop bon, on se fait exploiter. L'harmonie dans la famille me coûte cher. Puis il me reste Julien à... acheter.

Il est encore avec Mamie. Je les entends rire. Je n'aime pas ça. Je suis... jalouse. Je ne devrais pas, mais c'est plus fort que moi.

J'ai le coeur gros.

Je ne me fais pas d'illusions. Mon plan ne fonctionne guère. Malgré mes efforts... surhumains depuis deux jours, je n'ai pas ramené l'entente à la maison.

J'ai l'impression d'être une boîte de puzzle. À l'intérieur, je suis en morceaux. Mes idées, mes sentiments, tout est mêlé. Je ne sais...

— Mon petit chou!

Mamie! Je tombe dans ses bras et je me transforme en fontaine. Je pleure! Je crie mon désespoir:

— Je ne peux pas en faire plus. Pourquoi est-ce que maman

ne revient pas?

Là, je reçois un choc terrible.
J'apprends que ma mère n'est
pas partie pour toujours. C'est
moi qui me suis imaginé le
pire.

— Ta mère est humaine, Sophie! Elle a ses faiblesses. Et une vie en dehors de ses enfants. Comme ton père!

— Ils n'en parlent jamais de... leur autre vie. On ne peut pas deviner leurs problèmes!

— Eh oui! Les humains attendent trop souvent qu'une crise éclate avant d'agir.

Je me reconnais... un peu. Je suis devenue sage quand j'ai eu peur de perdre ma mère.

— C'est décourageant, Mamie. Ça veut dire que l'harmonie est impossible.

— Difficile! Il faut y travailler tous les jours.

Mamie me sort un de ses trucs de magie:

— Lorsque tu affrontes quelqu'un, considère-le comme une

autre Sophie. Tu le comprendras mieux.

— Il faudrait conseiller la même chose à tout le monde, si on veut que ça fonctionne.

Mamie me trouve drôle! Je lui dis:

— Avec toi, l'harmonie est facile! Tu me comprends toujours.

— Ah non, cette fois c'est Julien. Il a deviné que tu n'allais pas bien.

— Julien!?

— Il m'a dit: «Sophie a des problèmes; elle se prend pour un éléphant. Tu devrais lui parler. Moi, je suis trop petit, elle m'écraserait.»

Fiou!

6
Sophie
sauvée par une abeille

Ce matin, je n'ai aucune difficulté à considérer Laurent comme une autre Sophie. Il porte mon blouson, mon t-shirt et ma casquette. Notre relation va bien!

C'est un peu plus compliqué avec Clémentine. Elle m'attaque de front:

— J'espère que tu vas changer d'air.

— Qu'est-ce qu'il a, mon air?

— Il pollue l'atmosphère. Descends de tes grands chevaux, et on pourra s'expliquer.

— Descends la première!

Et toc! la p'tite parfaite! Elle a besoin d'une leçon. C'est vrai! Je lui dis:

— Si tu veux discuter, tu dois me considérer comme une autre Clémentine.

La souris fait des yeux ahuris. Je lui explique le système de Mamie. Elle est d'accord pour l'essayer.

Deux minutes plus tard, je l'appelle Sophie et elle m'appelle Clémentine. On rigole comme des folles! Puis on parle de nos problèmes.

— Une dispute! Il en faut plus aux parents pour se séparer! J'en sais quelque chose, me confie Clémentine.

— Salut, grosse tête!

Grrr... Lapierre me tombe sur les nerfs! Ce sera long avant

que je l'appelle Sophie!

BANG!

Grrr... Tanguay vient de faire éclater un sac de chips dans mes oreilles.

Je vois clair dans leur jeu! Ils me provoquent afin que je perde patience. Ils me font pitié. Ce sont de pauvres petits... humains.

Des petits humains TERRIBLES!

Tanguay a mangé deux fois plus de friandises durant les cours. Une orgie! Une cacophonie de papiers chiffonnés.

Lapierre m'a bombardée de pois. Ce n'est pas compliqué, je suis picotée tellement j'ai des bleus. Mais je suis demeurée de marbre.

Vous savez comment j'ai pu résister? En pensant que ça ne durerait pas toujours. Le cours

de théâtre avait lieu à la fin de la journée...

***

L'heure de l'éléphant approche!

Tout le monde a présenté sa petite fable. Sauf Julien.

— Je serai une abeille, dit-il,

et je sauverai l'éléphant. Alors qu'un chasseur va l'abattre, je le pique à la main et il rate son coup. Je veux montrer, comme La Fontaine, qu'on a souvent besoin d'un plus petit que soi.

Mme Pinson est en pâmoison devant Julien, qui ajoute:

— Mais l'éléphant doit être vraiment gros. Il faudrait deux élèves pour jouer le rôle.

DE QUOI IL SE MÊLE!

Mme Pinson est folle de l'idée. Moi, je suis folle de rage

contre mon frère. Après le cours, je lui murmure à l'oreille:

— DE QUOI TE MÊLES-TU?

— Je t'ai sauvée, ma chère!

— Arrête de te prendre pour une abeille! Sors de ta fable!

— J'ai surpris Tanguay en train de faire l'éléphant. Il était fa-bu-leux. Tu n'aurais pas eu le rôle, conclut Julien en me tournant le dos.

Je n'en reviens pas! Tanguay était fabu... Le voilà! Il me dit d'un ton mielleux:

— Tu veux du chocolat?

Je ne suis pas dupe de sa générosité. Après tout ce qu'il a mangé, il n'a plus faim! Je reste sur mes gardes.

— Puisqu'on est obligés de faire équipe, aussi bien s'entendre tout de suite, ajoute-t-il.

— À quel propos?

— Sur le partage du rôle, précise-t-il. Moi, je ferai la tête de l'éléphant, et toi le derrière.

Le derrière! Moi, je jouerais un derrière! Je retiens mon souffle afin de ne pas éclater. Je dois le faire changer d'idée, discuter avec lui.

J'essaie de le considérer comme une autre Sophie. Tout ce que je vois, c'est un autre éléphant. Je le prends mal!

Mais je suis fatiguée de me battre. Et ce n'est pas certain que je gagnerais. J'ai besoin de temps pour réfléchir.

Je réponds à Tanguay:

— On en reparlera demain. Il n'y a pas le feu à la jungle!

Je crois que je vais lire les *Fables de La Fontaine*. On y

parle peut-être d'un éléphant... à deux têtes!

Et je vais consulter Julien. Même s'il est plus petit que moi...